一个人的诗学

YiGeRenDeShiXue

刘子乐 / 著

羊城晚报出版社
·广州·

图书在版编目（CIP）数据

一个人的诗学 / 刘子乐著. —广州：羊城晚报出版社，2016.5

ISBN 978-7-5543-0302-3

Ⅰ. ①一… Ⅱ. ①刘… Ⅲ. ①诗学—研究 Ⅳ. ①I052

中国版本图书馆CIP数据核字（2016）第078830号

一个人的诗学

Yi ge Ren de Shixue

策划编辑 朱复融
责任编辑 朱复融
责任技编 张广生
装帧设计 友间文化
责任校对 潘子扬
出版发行 羊城晚报出版社
（广州市天河区黄埔大道中309号羊城创意产业园3-13B 邮编：510665）
网址：www.ycwb-press.com
发行部电话：（020）87133824
出 版 人 吴 江
经　　销 广东新华发行集团股份有限公司
印　　刷 佛山市浩文彩色印刷有限公司（佛山市南海区狮山科技工业园A区）
规　　格 889毫米×1194毫米 1/32 印张6.875 字数130千
版　　次 2016年5月第1版 2016年5月第1次印刷
书　　号 ISBN 978-7-5543-0302-3 / I·269
定　　价 32.00元

目录

Contents

目录

目录

致诗人

用一个词
背负
创世的痛苦
用一颗心
忍受
被创世的耻辱
诗人呵，仿若雨中的
阳光，该不是天性使然

2015年5月21日于永安约

诗偈

1

若寻诸禅源，羊城留五眼。
至今忆初祖，井底犹涌泉。

注：梁武帝普通五年（524），达摩祖师从水路抵达广州，登陆后结庵挖井，至普通八年（527）一苇渡江而去。今五眼古井已成了广州“西来初地——华林禅寺”历史文化街区的著名景点之一。从禅宗的角度看，五眼古井也成了智慧之源的象征。

2

养诗若养子，清啸三两声。
名利非关情，索性还清净。

注：养诗若养子句，系诗人、评论家罗锡文告知。

3

思维如密钥，路径千万条。
形象若偏离，寂照最动情。

4

转眼如隔世，写诗不丈夫？
无为在当下，轮回信有自。

5

无名方称禅，有名只为幻。
本然犹断然，悟入遍大千。

6

谁在等候，木已成舟。
水若虚握，远客慢走。

7

贡高我慢[1]，悔之未晚。
待尔火候，如汤如禅。

注：［1］贡高我慢：佛家用语，意在阻断内心的膨胀。

8

顿渐之间，你来我往。
逗号逗你，亲如伙伴。

9

量我田地，赞我化育。
远方一角，停云代理。

2015年夏于永安约

鬼友

与鬼为友。交谈的
语气，涌动地上
和地下的记忆
那些枯萎的词语
和鸟的耻辱
像命运抵押给
唯唯和诺诺
还不如找一个鬼友
还词语一番意态之约

2015年12月6日于永安约

致陶渊明

归田意味着忍受
身边的人，一个个
像风筝，该放手了
让追随者另谋出路吧
而孤独才能享受
那几亩薄田
和几个不成器的孩子
陶醉于新的自然
或已诗酒不分
斜川的山谷传来久远的宁静
虽比不上兰亭的雅集
但溯源都是桃源的趋近
月亮仿若被挑在肩上
锄头的反光照亮了回家的田径
有时，诗人又想陶醉
只好沿着桃花源的方向
入门讨酒时，抒情的调子
清新的谈吐
让有缘人拿出家酿
意态中的淳和朴
还原了诗歌与人的相处

2015年5月10日于永安约

梦中的方法

他在梦中，头不会碰
任何硬物，他的梦
天马行空，视若无物
视野，对他而言只是一种行走

有时他更像蜘蛛
理想中的动作
有一种自洽
仿若那蛛丝或马迹
已抽象了一个空中王国

2015年7月于永安约

断然

某处的缝隙，已被关闭

如同看不见的伤口

愈合在即，了无痕迹

而断然，该不是宇宙意志

2015年5月19日于永安约

致绍民

断然的天地
已死亡般纯净
只有真理的氧气
丰富了呼吸的意义

2015年5月20日于永安约

水的动词

被水压在上面。
水的柔软，使它
最具反脆弱的能力
被水压在上面可是船
也可能是蓝天和白云
水的平静，仿若一片天机

2015年5月17日 于永安约

词的天性

所有已知究竟如此熟悉
永恒当下已还原它的形式
而意念，却使词的天性
扼住死亡的惯性或意识
如同未知，找到它的亲人

2015年5月17日于永安约

潜规则

把人当成仓库
仿若罪和恶
得到安置
和调度
何其相似
造物把人逐出
暗中制造了潜规则

2015年5月18日于永安约

从陌生中获益

一个光裸的世界，与尘世
有哪些不同？那里的意态
混沌而亲切，那里的人们
本能而本真。词的立面，
仿若意态的、心灵的镜子，
把人的潜意识，涌为手势
或暗语，创造了极端或不
确定，就能从陌生中获益。

2015年5月17日于永安约

一首诗不止一首而已

1

他们写的是现象
你写的是本质
现象只配给本质驯养

2

他们写一首诗
完成了只是单篇作品
感觉多么丰满
单篇仍是它的属性
你写的母诗
一首诗不止一首而已
考虑的是意态如何
诱发潜在的可能

3

而写作的出发点
他们只想抵达

从而一劳永逸
你却不但要返回
更要在抵达中出发

4
与他们最大的不同
当下作秀的诗风
碰碰车般好玩
而你耐得住寂寞
断然奔走于本然
仿若驱动一个宇宙
向意态化靠拢

5
单薄的诗人
拥有单薄的诗篇
复合的诗人
拥有复合的成功
传统就这样在母诗中涌动

2015年5月20日于永安约

告别仪式

写完这首诗，词该知道
我的心思，已卧槽的
是马，已结果的
是仪式，本然
曾使我断然

是时候啦，意态的
金子，已躁动于母诗之腹
剩下的永恒，也会打盹片刻

2015年5月21—22日于永安约

死亡茂盛了整个园子

思考死亡，使他超越了
时间？用我的话说
把时间加宽，或压缩为圆
一切的一切，都会坦然

他若视死亡为家园，栅栏
仿若它的入场券，而修剪死亡的
园丁，却蹲在存在的对面
挥手之间，死亡已茂盛了整个园子

我不禁要问，死亡在哪？
让他的创造，像一种仪式
或是永久的分割？他不回答
光裸已把最初与最后的状况混合

2015年5月27日于永安约

雨仍然在下

雨在下
雨水带来凉夏
雨水的盛大
浮动了低洼
和菜篮子的变化
雨仍然在下
五月已像青苔一样滑

2015年5月31日于永安约

致阿兰若

倘若阿波罗把太阳车
驾向绝处，一片惊呼
手也没有勒住
悬崖般的马车
而那些石头，像词一样
落下，将把致命的精准凝固？

2015年5月29日于永安约

对黑天鹅的洞见

经验和预测躲不过
那些熟悉的认知
就像第一千零一夜
只在那情节性里
绕行，而至少的一天
意外或风险，突然开启
黑天鹅在可怕的界域
将更极致地来临
在我看来，一千零一夜
只是大地关闭了寓言
怀疑或好奇的眼睛
而至少的一天
却是一个黎巴嫩人
对黑天鹅的洞见

2015年6月2日于永安约

象征的永恒

布封研究过世界的昆虫
他不知用什么方法
把中国梁祝的梦
做成他喜欢的标本

世界的昆虫，各有领地
其中捞过界的，可能
是蝴蝶，因为传说中
它是梁祝凄美爱情的化身

布封不得不佩服中国人
把昆虫提升到象征的永恒

2015年6月8日于永安约

闪电已落地生根

一片树叶离去，凋零的是声音
只因象形，仿若巫的感应
它的本事绝地天通，无所不能
而汉字的闪电，已落地生根

2015年7月1—2日于永安约

即使永恒过手

我的失败
在口腹之外
空空复荡荡的年代
故乡或异乡
裹挟或被裹挟
潮或不那么潮
都已美白
没什么忌讳
能用钱的地方
鬼也会软磨硬泡
一切的一切
即使永恒过手
也只当一碗东坡肉
我的失败
总在口腹之外

2015年7月7日 于永安约

进入永安约

当你找到自己的边际
永安约就是绝对真理
——题记

它不像江湖
湖有围巾般的脖
海有波浪的蹄
回音的壁

它在哪里
它叫什么名
它同我什么关系
难道江湖还有剩余

进入它吧
进入一种边际
如同进入我自己
可能和认知就在这里

2015年6月27日于永安约

永安约诗篇

1

在圣坛上摇祭
所有的祭师
预感真理被服务到绝望
就像饱满的诗行逼近爆裂的瞬间

2015年6月9日 于永安约

2

汉语的祭师
有通灵者的楚辞
宇宙之全息
浓缩为一个字：“兮”

2015年6月9日 于永安约

3

他的山鬼
祭出了男人
可能的世界图景
从此抒情遭遇风骚的瓶颈

2015年6月9日于永安约

4

通灵者兰波
他在法国
发明了另一种“兮”
这就是原音的漂泊

2015年6月9日于永安约

5

正如古老的欧罗巴
经历惊人的相似

或许巫山云雨中的醉舟
载走楚王意淫思想的浮尸

2015年6月9日 于永安约

6

神女采取主动
目送一江春水向东
她自己却挺立在雾中
静谧就是她最后发出的电波

2015年6月9日 于永安约

7

同时在长安
轰动了长恨歌
还有霓裳羽衣曲
这创造惊动了宫廷爱情的祭师

2015年6月9日 于永安约

8

所有的祭师
无论屈原、兰波、白居易
只要在圣坛站上一秒
都会心动，制造读者的需要

2015年6月9日于永安约

9

上帝死了，神在哪里？
纯粹的仪式便应运而生
倘若人在哪诗也在哪
仪式注定是天堂的阶梯

2015年6月9日于永安约

10

同情苦难，本质上像诠释
当它缺乏边际，完美就会

屈服于诠释的过度，唯有抵抗
寻找边际的真理，苦难才不会贬值

2015年6月9日于永安约

11

屈原被水抱走，留白给鱼
鱼游向沙漠，仿若兰波的元神
兰波的原音0，如同白居易的血型
所有祭师该不是神谕，把苦难化为灰烬

2015年6月9日于永安约

12

真理的边际，踩着同一个诗人
所有血管的扩张，是诗看见
死亡游戏，由华人李小龙从塔下
打上塔顶，是什么晕了票房的眼睛

2015年6月9日于永安约

13

救救诗人？我是谁的
圣灵和圣子？不，
我的圣父，未曾出生
诗的血缘，已被转移基因

2015年6月9日于永安约

14

造化如诗，如歌，如泣
中国第一个带泪的诗人
仿佛是诗圣？老杜的匠意
还在绝句里，开拓诸葛的八阵图

2015年6月9日于永安约

15

一首静夜思，一篇天马歌
太白这天下第一的酿酒师
何以待客？天性来不及思索

孤独的肥沃，把空空的梦收获

2015年6月9日 于永安约

16

途中的诗人，中国有浪子的
根，浪荡子弟，词已变性
浪当指浪子，荡应指东荡子
一个江湖朋友，曾斜眼瞪过他们

2015年6月9日 于永安约

17

图腾诗人，河马是第一个
他曾用光裸仪式，召唤
他的老师苏曼殊，结果一本书的
构思，偷懒为一篇随笔《光裸意识》

2015年6月9日 于永安约

18

永安约，在意态路上
这里死去的人，仿若诗友
不期如约，同亡灵交谈
安谧，就是一个世界杯

2015年6月9日 于永安约

19

我喜欢的诗人，大部分
死了，我不喜欢的诗人
不少活跃在著名的圈子
有时我怀疑独立，如同放屁

2015年6月9日 于永安约

20

不自由，毋宁死
这话不错，但不要忘了
独立是自由的前提

诗待反哺，独立何其朴素

2015年6月9日于永安约

21

坡翁的性格，外衣是禅
内衣只能是美食，他的
诗取轻捷，词主豪放
我称之为精神的大厨

2015年6月9日于永安约

22

澄阳，一个朋友的名字
让我想象荡子的兄弟
渊明？是的，那姓陶的
可不是新天人合一的农夫

2015年6月9日于永安约

23

中国六大诗人，盘活了
屈骚与非屈骚的精神

传统就这样涌入

它的边际，重新肥沃

2015年6月9日于永安约

24

诗写至此，脑中闪过

诗人骆一禾血淋淋的内视

他写诗写到血管爆裂

朴素如我，心脑血管已永安约

2015年6月9日于永安约

25

既然生死都要永安约

即便这世上只剩下一个

诗人也深知，创造形同孤独

而复活精神，仿若最后一首诗

2015年6月10日于永安约

无愧自己的嗓子

一流诗人，直接模仿域外诗人
二流诗人，间接模仿翻译过来的诗歌
三流诗人，只能在模仿的模仿中
像百灵鸟歌唱，无愧于自己的嗓子

2015年7月8日于永安约

无技巧写作

雨从天而降有技巧吗
它能逆天而行吗
水呢，它在行走中
或被取走一瓢
这无损途中的光辉

风在哪吹有技巧吗
它在哪停留有规定吗
传说中风起于青萍之末
而诗意的归宿，仍在生活

2015年7月11日于永安约

意态时间

是意态酿造了超脱的时间。
——题记

时间是动作的结果，哲人说
是动作展开了时间和空间。
而我提出了“私有化交往”
意在创造主观、私密的情感形式
因为没有了动作，人性也
没有了珍惜和敬畏等等元素
活着，所有的光裸
只是创作性主张
悼念和怀旧，使人
获得私有化情感之锤炼
从而走出语言和眷恋
了悟了感伤和奋起
意义了丰富或不丰富的
人性可能。此之谓混沌。

2015年7月25—26日于永安约

本能的内存多美妙

点亮没有
作假的烟草
手指验明了
软中华的味道
一丝好闻的
酸，处女般开窍
本能的内存多美妙

2015年7月27日于永安约

一个人的诗学

1

出于本能，动真格
就像清晨，一片草叶
说着明亮的话
或在夜里，就像
一匹黑马，马蹄说
大地，我爱你的万千路径
那如梦的声音
出于本能的指使
自然而然，有时极端
也是天性使然

2

你不是我的情人
我的意态却注入了
你的眼神，我的混沌

你看似一团模糊
无知无识，其实你
对治了碎片化的生存
和过度的诠释
走出语言，混沌就是
我的心魂，意态为之加油

3

光裸和它的意识
一直倾向审美形式
因为必要的混沌
融合了本能和感恩
而光裸意识
它会还原生命原初
像动作召唤语词
意义了原初与超脱

4

感恩，高贵了生存
当下或永恒，只有感恩
存在击穿人性黑暗的可能
一颗感恩的心，不会颗粒无收
它随时准备着，为人性美好献身

5

而图腾，它是诗性血缘的名词
我把它视若动词，可动可名
它的极端，不像黑天鹅
它选择了本能，抽象了
仪式，反抗了技术

2015年7月24日于永安约

6

诗写好了
无条件感恩；
诗写坏了
有条件忏悔。
意态之间
创作式混沌
已超越了
批评的悖论。

2015年7月31日于永安约

粉碎

1

忘了吧
泪未尽。
谁珍惜诗有情

2

粉碎的节奏
只有粉碎
自己在发抖

3

回家
还原了
真假故乡

2015年8月1日于永安约

碎片

1

把瓜藤
扶到棚上
嫁接了
阳光
并保持
一人高的
反抗

2

缺氧的
诗歌
仿佛抽了
真空
你有这样的
干货？

3

终于咳出了

血

赤潮

使暗礁死鱼般

浮躁

4

岸

和海浪

在酒蓝的

瓶子里

蹦迪

5

一人高的

日子

和

反抗

使瓜棚

疏于腐烂

或防范

2015年8月3日于永安约

可能的指控

我说内鬼，指诗学意义上
每个作者可能的阴暗面
写作存在的缺陷也算
内鬼不除，甚至
把它养肥，可能的指控
把那虚心置换为虚荣
把那进取改动为进攻
而内鬼本人，还
不断发出指令
鬼气如花袭胸
鬼话也变本加厉
这内鬼是谁？想必
是每个人的自己无疑。

2015年8月5日于永安约

意态中期期艾艾

不管你说真假故乡难辨
我的眼前，天机一片
日常性的激辩
动摇不了
我信我
仰

即使我信我仰
也真假难辨
因为故乡
在水的摇篮
有奶的就是娘

而我已拟好
心联
意态中期期艾艾
盼只盼
一片天机
百般混沌中
也给人间送来温暖

2015年8月12日 于永安约

意态超市

无根。无蒂。纯粹
如同试管婴儿
成长性。模模糊糊
感受到那遥远的父爱
仿若被浪费的星星
根的意识，已被抽象
反过来又抽象了自己

无根。无蒂。纯正
如同问题血统
诞生时已长了反骨
是妈妈给宝贝洗澡时
摸到的，水也知道
反叛。青春。躁动。
血统。性格。行动。
出自同一个模子

无根。无蒂。诗人
行动时，意态已虚无
哪怕浮士德围海造田的
宏大叙事，也像偏义复词
海的围裙，围那填出的新田
对海而言，只是一种偏离的方向

谁指望那无根无蒂的
风险自担，诗人
像一阵不知去向的
风，在混沌之中颤动
呵诗人，为什么不
入意态超市，导购混沌之书？

2015年8月12日于永安约

故乡请了保姆了吗

倘若有故乡的消息传来
你可以修改，也可以补充
故乡还好吗？那混血的宁馨儿
如今出脱得怎样？她请了保姆了吗
谁不少少离乡，谁又不从故乡
把影子像行囊一样带出来了吗
人人的影子围观了异乡的山山水水吗
人人的影子把共识叠加，有多少是保姆知道的
就像我的诗歌忏悔书，没有保姆的默许
又有谁愿温馨地传递？而异乡的背影
该不是故乡那宁馨儿混血的眼神

2015年8月13日于永安约

关于我的座右铭

对标准一词
我较敏感
正如我的座右铭
本是“生于混沌
死于标准”
有朋友出于好意
让我改为“往于标准”
他可能觉得我还没有死
怎么非说出那不吉利的词
但我自己心里明白，标准化是
工业化的前提，也是流水线之渴
我想我的思想，还是混沌一些吧
只要加上意态化一词，秩序感就来了

2015年8月13日于永安约

表

给它一颗心
夜里你想休息
这表在你躺下时
秒针就停了，它在想
死亡的时间，就像睡眠
为什么不让死亡固定一秒
白天你想怎样？这表也明白
死亡已苏醒，分分秒秒不能停

2015年8月14日于永安约

悲歌

别处的沉渊。
抒情的
绝望。悲剧。
和死亡
如同
此处的
眷恋。肉感。
和假象
难道死亡也会
弄虚作假?
除了那
不可逼近的
真相
或故乡
你已厌倦
太多的真理
和逻辑
而牧童和牧笛

和酒旗
把那飘远的香气
化为我的
混沌与形式
那追苏小小于地下
的李贺
诗鬼一个
仍在意态路上拾荒吗

2015年8月14日于永安约

它耳朵

它耳朵
倾听什么
该不是
存在本身
宛如塞壬的诱惑
抵近失灵
而空中
划过
各种声波
一平方英寸的
寂静
也被划破

2015年9月28日于永安约

黑天鹅逆袭记

空谷何惧来风
流产恐以绝后
——题记

我反对计划写作。
我自己却计划写一部
大模样诗剧。书名《真假故乡》。
定义为悲剧。融入永安约三个字。
剧中人物：董永，老安，许约。
背景：你中有我，我中有他。
情节主线：神圣之间，沧桑巨变。
心动何乡，真假难辨。
复线：诗在当下，无意义化。
审美之国，地下复活。
人物身份：董为导师，和向导；
老安为行走者，诗人与挤奶师；
许为归来者，混沌的研究者。
分主题与主要情节：真假诗人。

真诗歌与假诗歌。真假难辨。
诗人情。诗友谊。留不住时间。
牛奶与诗歌的关系。制造营养。
抒情与逻辑关系。私有化交往。
个性。性格。命运。种种异常。
抽象的感性。抽刀断水之比喻。
母豹与河马。一个笔名之争。
神的祭坛象征。圣的心理图腾。
真故乡与假异乡。持续了绝望。
禅与生存。禅与忏悔。智慧谷。
诗歌忏悔书。走意态化之路。
感恩混沌。制造了新感性之雾。
这部诗剧，一个月肯定拿不下。
况且我还想多活几天。那就用
这几句话打发了吧。二次流产。
本来还有一部《追封内鬼》的。
黑天鹅逆袭，作者反而解放了。

2015年7月28日草于永安约

2015年8月14日整理于永安约

心脑在行动（诗剧）

背景：托管宇宙，心脑联手。

第一幕

心：
你把思考
绕过
缩短我的
紧迫

脑：
你试做
一个迟疑的
动作
是什么从水面跃过

第二幕

心：

你我之间

有言在先

脑：

同为宇宙

情理之中

第三幕

心：

我情已定

脑：

我意已决

第四幕

心脑（同声）：
托管宇宙
心脑在行动

第五幕

诗人（旁白）：
心脑在行动
观念的宇宙
已从水面跃过

2015年7月8日于永安约

胃在人间（诗剧）

引子：一个比喻，一篇史诗。

第一幕

诗人甲：
中国的伟大，
不是万里长城，
也不是汉武大帝。
诗人乙：
那伟大是谁？
诗人甲：
一个自我牺牲的人。

第二幕

诗人甲：
他的散文
和人格，

我最喜欢。
诗人丙：
该不是汉之太史令。
他为李陵
牺牲了根的幸福？
诗人甲：
一个坚持正言而
被阉割的人。
他的伟大，
既有无韵之离骚，
也有把失败者
与成功者
写成绝唱的本领。

第三幕

诗人乙：
你暗示了
诗史合一。
诗人甲：

当然。而不是或然。
太史公之伟大，
不仅把历史人物
及其文化心理盘活。
诗人丙：
更把汉武帝的虚弱，
放在官酿的酒中，
蒸发出虚伪。
诗人甲：
迁哥他
为什么写作？
诗人丙：
为争一口气。
诗人乙：
为报复汉武帝。
诗人甲：
只为一个比喻。

第四幕

诗人甲：

我的迁哥，

他悲天悯人。

他深知人间疾苦。

诗人乙：

你的迁哥？

诗人丙：

你就别臭美。

诗人甲：

因为我发现，

胃的史诗，

就是一个比喻：

“胃是天仓。”

它的存在，

像根一样绝对。

诗人丙乙（同声）：

像根一样绝对。

诗人甲：

胃在人间
它的号令
即使一个屁
也远抵天庭?
诗人丙乙（同声）：
这个比喻，
确实丰富了
大地的记忆。

2015年7月24日于永安约

诗学词典

1

随笔体是我提出的。
诗和随笔打成一片。
不分彼此守望相助。
随笔家是我自封的。
这涉及词的自组织。
随笔随心了吗？
你去问河马吧。

2

随笔随机了吗？
自由从随机抽取。
是随笔取悦了人主。
是随笔出卖了心声。
而随机性，仿若
写作时的黑天鹅。

它可能带来灾害。
也可能带来杰作。

3

随字
该不是
大有情人。
我爱这个字
它左边有耳
右边是有字
中间有船坐
意态组合了
纯粹的行走。

4

当下，诗人这个词，
宛如岁暮中的寒鸦。
语感还有点冷。而

随笔家已自我临界。
这里我造出一个词。
诗人随笔家，新词。
它该不是偏义复词?
否则是并列式复词?
问题是我把批评家，
定义为随笔家。意
在突出创作性乃至
跳跃性。况且这个
词本身，较为中性。
没有批评家那么酷。
如此，我又自封为
诗人随笔家。拙称。
是呀，虽造新词却
很怀念那旧的内涵。
青春。原创。梦想。
昔日有诗人哲学家，
曾风靡一时，昨是
而今非。意态之间，
诗学已颇有沧桑感。

至少还有一点不变，
混沌本色允许模糊。

5

混沌诗学由五个关键词组合而成：
本能。混沌。光裸。感恩。图腾。
五个词排列顺序也是一种奥秘：
本能→混沌→光裸→感恩→图腾
本能呵，源于人的天性。
混沌呵，源于宇宙秩序。
光裸呵，源于原初意识。
感恩呵，源于度的召唤。
图腾呵，源于抽象血缘。
这五个词仿佛相依为命。
它们个性独立而内在呼应。
此外还有三个概念或方式：
第一种写作方式：光裸写作。
第二种写作方式：意态写作。
第三种写作方式：反脆弱写作。

至于母诗写法，诗中有诗的可能，
只是一种意态化配套的提法。
倘若融入人类学诗人的视角，
一个人的诗学，实属混沌形式乎。

6

抽象化了
血缘
和节奏
包括
可能的
意态组合
诗人随笔家
还把别的什么
图腾吗

7

我的混沌
河马和飞鸟
这水天的组合
我已图腾了一半

2015年8月5日于永安约

8

没出息
以诗写诗
还原了本真
颠覆了抒情方式

9

把
宇宙的
根

抓住

而

生存之外

仿佛

融入了

理性

和情欲

转眼

又化为

灰烬

10

“事物之外

别无观念”

观念之外

更无抽象体验。

具体或抽象

就像哈姆雷特

是生存

还是死亡
这一两难问题
本能
而抽象
那就是普遍

11

在我看来，
诗歌发生学
始于感恩
和忏悔。
人性与诗性
在混沌中发酵
突破了抒情逻辑。
极端之美，终于诞生。

12

神圣之间
你取其中点
就是极端；
混沌一片
你看见
模糊可辨。
清晰仿佛
可能的同伴
正在那意态路上……

13

批评没有底线。
浪评如同烂片。
批评还有信仰么？
哪怕诗存一天。
诗学的夹缝
仿若雷同。
而意态信仰

何其广阔？
你若问我
批评信仰什么？
我的回答很简单
信仰自己
寻找那命中
黑天鹅
就像等待戈多

2015年8月6日于永安约

14

因《鲁迅批判》一书而成名，
就是时在北大读书的李长之。
这是鲁迅生前亲自阅过的书。
作者很喜欢被称之为批评家。
这个词究竟有什么魔力？
直到它植入我自己的身体。
我所理解或定义的批评：
第一是狭义批评，主要就
诗人及作品所做的批评。

突出意向图腾与文本意识。
第二是广义批评，它指向
世界观和对待世界的方式。
突出神性与诗性之融合度。
对口批评很重要，也很严肃。
但都超不出“意态立面”，
或“意态体系”。而创作性，
及意态化，互融互补，使我从
“混沌与光裸”中清晰如初。
终把狭义与广义两种批评方式，
作为“一个人的诗学”之支撑。
如是我闻：“无条件感恩”。

15

意态中的事情，
还很不确定。
是谁期待那
未来的人民
我的读者我的兄弟？

我忽然听到远方的声音
“土地丰厚，自有它的主宰
牲畜有自己的胃，早已降临生活”

16

诗人随笔家呀
你既沉默
仍将歌唱
仲尼之将丧
六祖之不复
而沉默之力量
是否依然
回响
那一片沧桑

17

进步
或退步

作品都是
自己的反骨
它若说不
诗人死了

18

人性。情感。偶然。
不仅仅是命运主题
更推动了抒情逻辑
而意态能力又如何?

19

我的
意态化
形式
普遍而抽象
是跳跃性帮我
洞见?

20

压低了

帽檐

像光照一样

往下看

诗人呵

属地

使你熟悉

未被压低的

秘密

从结绳记事起

文字就投入了敬意

像帽檐一样没有压低

哪怕一张废纸

凝聚了字义

每个人都会珍惜

21

把脑袋砍下
把脑瓜切开
你有袋子装走吗
你有果盘盛放吗
脑袋瓜作为偏义词
而脑而袋、而脑而瓜
脑的偏义用法精致了刀把

22

混和沌吧
任何循环与组合
都逃不出情理之中
而结果又在意料之外

23

仪式化了生存
内容即形式
这里多美妙
因为意态混沌
这里多美妙
就像元素周期表
排列了发明的需要

2015年8月7日于永安约

24

混沌诗学方程式，可图示如下：
本能→混沌→光裸→感恩→图腾
五要素跳跃性叠加约等于体系化。
而创作性批评这一核心诗学主张，
像意态化支柱，支撑了一声叹息。
啊我的混沌，存在仪式化了吗？

2015年8月8日于永安约

25

从创作性批评这一核心诗学主张的
提出，到“混沌与形式”的确认，
既还原了批评形态：作品内容→
作品形式→抒情逻辑（诗意可能→
逻辑可能）。而诗意可能与逻辑可能的
展开，构成混沌式批评意识。反过来，
批评也还原了创作形态：情感→想象→
认知（主观认知→客观认知）。主观
认知的方式：以我观物。客观认知的
方式：以物观物。具体到作者或作品，
认知方式各有偏重，也各有特色。
总之，批评与创作存在转换之可能。

26

人化。诗化。意态化。自然化。
所有这些词语，都指向“化境”。
化字，主要作动词，也可起到

形容词的作用，表现并意义了
“创作性”本身。诸如秩序感、
仪式感等等。也昭示了创作性
之饱满与路径选择之圆满。立
体地看，意态混沌及其形式化，
这“化”只为可能之终极召唤。

2015年8月11日于永安约

神圣已被毁弃

婴儿般的
嘴
被一团
柔软
塞住时
本能涌动
欲望的辉煌
另一团呢
挺着
像真理般
严峻
当托马斯探入的手来袭
女人才相信
神圣已被毁弃

2015年12月18日 于永安约

致大海

帆在召唤
更大的大海
贡献更大的岸
一天天看似激荡
都有不为人知的恬淡
只有离岸，才知道悲壮

2015年12月3日于永安约

潜对话

向白手起家的诗人东荡子致敬！
——创作手记

1

重口味的你
势必反感
淡的鸟

2

愈合了
盐的伤口
是鲜（鱼和羊）

3

把感伤还原
沧桑即
家园

4

是闲
占领了
慢的想象

5

把真善美结合
一个混血儿
诞生了

6

诗歌

绕不开

声音、意义和混血

7

所有的

抵达

光着脚丫

8

淡的

鸟

纯粹的笑

9

是盐
用反光
追溯海的丰饶

10

海味
和山珍
只是盐和蘑菇

11

超脱了
本能
禅最透明

12

路况了
永恒
是脚丫子

13

是私处
发出声音
召唤了寂静

14

涌动记忆
是森林下面
那些根的河流

15

严重的
命运
更不确定

16

你当我透明
如盐粒
水也没有异议

17

重口味的你
把淡算计
再加一些私密

18

透明
和清晰
仿佛盐的逻辑

19

朴素到
极致
对话不需要面具

2015年10月17—18日于永安约

意态树

即使在白天
一片树叶很健康
很富氧
而到晚上
没有月光的照看
一片树叶只能
像一匹黑马被软禁
枝条已隐藏一片树叶
夜里的模样，呵意态树

2015年10月30日于永安约

自我或漏洞

掘吧自我
或漏洞
忽而向下
一寸呼救的疼痛
忽又上升
把高处颠覆
宛若
本能平等
其实还是掘吧
意态中的
空
把狡兔三窟
移动

2015年10月19日于永安约

高处并不像大海牢固

诗人靠什么说话
该不是口水？
灰
或灰心
模仿了丧失
自由的
猩猩
为讨人开心
居然发出哈的一声
（哈，你看我学会打招呼）

诗人靠什么说话
哈的一声仿佛
把什么换回
啊哈渴呀
渴也缠绵不了
曾经沧海的口水
高处并不像大海牢固
而死亡的营养
曾那么脆弱
仿佛病人用过的流质

2015年10月19日 于永安约

仇视诠释

你仇视什么
是累积的世仇
是人家富可敌国
甚至本无仇而仇之
仇字，人字旁加九字
意指一个人对着很多人
很多事动怒而不平静
视呢，衣字旁加见字
衣和见暗示了不远的身边
诗意可见度对它而言很不理想

你仇视什么呢
仇视陶渊明的平远境界
像十字架般耸立于悲悯么
仇视深远看不懂奥妙么
比如杨炼曾梦想诗歌
像一座向下的塔
对诗人而言把塔反拨

表达深度和高度的可逆性
仿佛受但丁的启示超强
你看不懂就要仇视吗
当仇视像心态一样
为什么不把心眼放开了呢

不仇视自己
只能仇视能力
可怕的是看懂了
而仇视病已加重了

2015年10月22日于永安约

仰泳

透明的
是意态的
脸孔
把身体
或天空涌动
水已仰慕
礁石仿佛
停泊了
鸟的孤独

2015年12月5日于永安约

给纯粹以美

你说你总在写诗
给纯粹以美
以白和飞
大尺度
一个很素的
句子。她
为什么而来？
我说我不知道
飞白的存在
诗歌是否为之
打开（荤当素馋了）

2015年10月26日于永安约

百年白话诗

百年白话诗
我认东荡子
能力谁诠释
不服是水土

2015年10月20日于永安约

清盘

你盘下了一个高度
我盘下了另一个
高度。清盘吧

白话及其诗性
有谁能够盘活

思考者在思考中
跨越白话的神话

而我只是你的立面
宛若另一面镜子

允我发明了意态化
把一个同体大悲的梦吹大
你就是我的高度我的回答

诗很朴素。可以白手起家
诗很陶醉。可以享饮到家
诗很理想。可以制造神话

不在乎对视
你有你的方向
我有我的终点
洞察盗火的归宿

至少
我不怀疑
你真把白话
化腐朽为神奇
诗人中的诗人就是你呀

高处不一定有高度
其实你我活着时都很低

2015年10月21日于永安约

神观

但丁用想象力写诗

弥尔顿用学问写诗

——题记

知识
即想象
把神的花园
和光裸的意态
用罪取代
残酷的节拍
仿佛知识
把神性贱卖
又仿佛
把光裸混沌分开
人性的味蕾纯粹
不再（原初丢了）
我扑我疼
幻想异乡

终有一天会还乡

是但丁之前

用火的语言

辽阔了罪的观感

地狱或天堂

纯洁了还乡的意愿

弥尔顿呵知识

怎么可能把知识打败?

2015年10月23日于永安约

预算或呼唤

技巧大过诗歌
剩下先锋或后锋
的形式，但神
没了，诗的预算
亏得一塌糊涂而不自知
还以为摸到了域外的屁股
诗大过天。人诗合一只是
一种可能（我称之为混沌）
人诗分离，被摔倒在地的
却是全部不确定性的替身

能力。能力。有谁顾及？
人性能力。诗性能力。
甚至神性的能力
独立仿若小站呼唤
被呼唤的
该不是能力本身
出发的现实如始基
而非被吸过氧的空气

2015年10月23日于永安约

伪诗诠释

伪命题千变万幻
比如诗为何物
能物态化的
怕什么呢
伪字左人右为
人为所致
营养可制造
比如死亡的营养
给生活方式
注入了税收和优惠
给权力话语注入
足够的水
和鬼
如此命题千变万化
仿若权力在寻租
给空白以腐败
人为之伪
引向腐败教育

2015年10月31日于永安约

给光一个瞬间

伐木场天问般弥漫
朽木和斧头之间
只有被砍，给光一个瞬间

2015年10月24日于永安约

孪生的安全

忧郁的
是空运食品
高处的噪音
那受管制的自由
飞行的胃
吃饱了噪音
和白云

不忧郁的
是空降时间
给孪生的安全
时间的兄弟
一个断然

2015年10月25日于永安约

铸造诗意的本己

是亘古的
痛苦
像
磨
刀石锋利
厌倦了
做爱
和蚂蚁搬家的事情
是写作的
间隙
厌倦了自己的能力
爱
和苦难
重重叠叠的
玄机
压迫了做爱
和蜗居的安宁
诗人呀
你用痛苦
和忧郁
铸造了诗意的本己

2015年10月26日于永安约

有时沉默更实际

是阅读使经典永恒。
好的诗歌还是但丁这些人的。
无神论文学基本没有经典呵。
你提到的一些人尽可能忘记。
像某人对诗歌的比喻还是很小的。
诗歌是真理密码，写诗就是破译真理。
你这说法是大，做起来很费劲。
一个人能破译多少真理密码？
我的混沌就是一个比喻。
意态光裸了可能被真理指引。
谁知道呢。有时沉默更实际。
一切都要回到真理本身。
但有时沉默更本真。

2015年10月24日于永安约

一宸点评：

沉默是自然本真，沉默是平和意态。
沉默是实际人生，沉默是至极境界。
沉默是金须超然，沉默是水更坦然。
沉默是木乃物本，沉默是土则本然。
沉默是心灵释然：有话不说的力量。

真理与禅意

进入神性之镜
无根基是致命的
仿佛实相之无
死穴或盲点
使人自己
以自圣沉思
或招摇
一个大巫
看得见是什么
把人际的
秘密
当作神的计酬
以巫君合一之雄性
绑定了世俗、上古
和诗经的颂歌
神圣之间
谁愿提取一个中间点?
无根基之畏

给任意三角形

一边、两边、三边的

组阁幻想

这个局就定了

给金的颂

一个一室千灯

雅俗共处的源头

2015年10月26日于永安约

本能的衰败

人类曾自诩为
一片思想的芦苇
弯曲仿佛
给存在以弧度
以柔软，以美感
但写作有时很痛苦
弯下词性的腰，洞察痛苦
而新的痛苦更需要守护
感谢主，本能的衰败
要面对更多的意外
被敲打的：陌生的词性肉身
很痛苦。很无奈。只能依靠神
神经常要出差。是人在微弱期待
什么样的意态？能投资本能的衰败

2015年10月29日于永安约

真理还有不存在的一面

对一种诗观的回应

——题记

以真理为喻。
以密码为径。
以破译为创造律令。
写诗就是
写一颗自由的心
永恒的
是破译本身
我不知道
证悟是真理的正面
证伪该不是真理的反面
真理在哪
诗在哪
你就破译吧
真理还有不存在的一面

2015年10月31日于永安约

闲的象征

木秀于林。鸟们
闲是一种象征
就像庭院或家园
闲才是它的主人
而闲不住的人
思和虑蛛网般
纠缠那闲的字源

2015年11月2日于永安约

词有时也一样

像蜻蜓般交欢
于水面之上
保持触点的敏感
它说你看
一切受水的指使
而真理的密码
见证了缺氧的自负
词有时也一样
交尾都比较扯淡

2015年11月6日于永安约

结构的巢穴

艾略特用死亡体验
和希腊古典精神
把荒原的诗性线索
像铁轨或担架般并行
死亡的震惊、反思的雾
弥漫当下那些感性的碎片
荒原就这样被诗意支撑
而没有直接暴露的
是一战的背景
伦敦的忧郁
甚至一只雾中之猫
瞳孔中所收缩的孤独
这才是艾氏创作的灵感
或是荒原本身结构的巢穴

2015年11月10日于永安约

不给荒诞以尴尬

巴黎一个小职员
叫默而索的
妈妈死了
赶去郊外的养老院
奔丧
他第一个荒诞
只是最后不愿看一眼
躺在棺材中的妈妈
惹得送葬的人看不惯
第二个荒诞
办完丧事的第二天
傍晚一个人在海滩
偶遇从前一个女同事
游完泳带她到住处做爱
而且感觉很爽
第三个荒诞
是帮朋友出头
很偶然就杀了人

在加缪看来
是荒诞像醇酒般
召唤人的伟大
在我看来
只有无立场
不给荒诞以尴尬

2015年11月15日于永安约

神砍

我们的鹿鼎山。

朋友来了，有粥喝。

——题记

1

用神砍。鹿鼎山人不怕受伤。

上世纪九十年代末，我到北京组稿。某次饭桌上碰到陈平原。他是北大名教授。况且爱武侠。还写过武侠小说人物类型的书。当时我有点激动地说：潮汕两个骄傲，一个香港李嘉诚，一个北大陈平原。他有点不以为然。仿佛把他与李氏并提不得体吧。

陈平原是讲类型学的，我也是出于水土意识，本能赞美而已。

2

另外一次，有幸拜访周国平。
聊天时，他曾慎重指出：中国
哲学的希望，就看赵汀阳了。
我很惊讶。因为赵是李泽厚
的弟子。更是潮汕人。他的
博士论文《论可能生活》给
我的印象很深。同为社科院
哲学所，况且周国平当时名
满天下。有男读王小波，女
读周国平的传说。但出于某
种判断吧，私下说出心里话。
未征周国平同意，文责自负。

3

提起湖南人，第一个我想到
李泽厚。他的哲思，他的极
高明而道中庸，他的原创性，

都是我极端羡慕或崇拜的呀。
他的巫史说触及了传统源头。
或者说，他还原了历史真相。
除此之外，我还会把东荡子
提起。作为纯粹白手起家的
诗人，他的白话朴素而质感，
不失自组织的活性与亲和力。
他那么精致的原创性白话诗，
别的如此典型之诗人仍是无。

4

在商不言商。大大发财自然
无望。九十年代中期我在广州
天河开了一个叫鹿鼎山的书店。
当时广州购书中心还没建完呢。
有一次，朋友陈君带我到南宁
拜访一位资深的出版人。他是
广西教育出版社总编辑李人凡。
曾帮不少未名已名的学人出书。

陈平原的《阅读日本》一书，
便由李总一手策划出版了吧。
朋友带我拜访的目的是赚钱。
因为当时他手里有一套教辅叫
课课通。若合作很是赚钱。但
我一心只想策划精品图书，却
与李总探讨起了毛泽东的诗歌。
他提出毛的诗歌是突围美学。
我觉得颇有新意。况且联想
“敌军围困万千重
我自岿然不动”
的诗性气势，包括其他诸如
“遥记当年草上飞”
等等诗句，甚至毛个人的革命
生涯，突围说深得我心。如此
一来，该办的正事，反而忘了。
后来听说那套教辅让北京一个
书商赚了不少。我非生意人也。
而李总偶尔写点诗词，风骨朗朗。
这样一个出版人，也给我深刻印象。

5

北方一直瞧不上岭南画家。
但有一个例外。那就是赖
老赖少其。他的字画印及
自创的诗与联，都属瑰宝。
近年来他的黄山图已拍到
上千万元。而且随着时间
的推移，只会风生水起，更
耐久，经得起时间之考验。
这里我只想说鹿鼎山书屋
招牌那几个字，就是赖老
题的。当时他拿笔手已颤。
但经我的朋友陈君介绍，他
老人家仍执笔写了。字古朴，
藏拙，甚至有些丑陋，像铁钉
一样钉在纸上。顿觉返璞归真。
或是大巧若拙。大道已化为无。
可惜后来搬了几次家。况且
人在江湖，难得有片刻停留。

最后一次搬家时，终于把赖
老的字弄没了。朋友说赖老字字
万金，丢了可惜。我竟不觉得。
字没了，反而不用为保管担心。
同时也说明，这字我无福消受吧。

6

鹿鼎记是金庸武侠小说巅峰之作。
我的鹿鼎山书店名，源于此吧。
韦小宝这个人物是可爱的无赖。
千爱万爱，集中在独臂神尼的
弟子阿珂的身上。为爱而无赖。
但我的鹿主雄性，鼎主圣坛。
山主隐形，山中日月好读书。
当时世宾帮我推荐了孙晓枫
来设计这个书店徽章的吧。
创意已有。孙学美术的，也
很用心。设计出一个图案：
三足鼎立如牛，香案上铺开

一本书，三枝香袅袅而盘而
散作五朵状。上半圈从左到
上再到右，刻上鹿鼎山三个字。
不少人可冲这个书徽而来。
盖吧，盖完就买单。
后来世宾跟我说，孙做这
设计之后，再也突破不了了。
一个人的创作，有时难以
理性解读。仿佛神示似的。

7

我们的鹿鼎山时代。是的。
这个鹿鼎山坐落在原天河
中学围墙铺位的中间。仿佛
诗人的聚散地。有一次，
接待过中国社科院文研所
钟镇南、金惠敏等几位学者。
后来惠敏策划中外人文研究
中心，还拉我做特约副研究员。
陈少华的夫人麦蝉，看到我的

简历上赫然浮现这字眼，还怪
社科院怎么那么儿戏呀。
挂个副研究员主要看我策划了
一套丛书：外国诗人哲学家书信
大系吧。这套书后来改为大师隐语。
由经济出版社出版。我无丁点收益。
那时，诗人有温远辉，东荡子，浪子，
世宾，礼孩，江城等等，等等等等。
无意中宛若等待戈多似的。不知有
多少朋友来聚，也不知明天会怎样。
是赚是亏？我一概不关心。最好玩的
一次，朱子庆和马莉夫妇，借晨练跑
到我的书店，那天我还没有起床呢。
最令人忧伤的，有一次浪子在离书店
不远的桥头大排档吃饭时，他说他在
广州还没有吃到这么温暖的饭呀。
诗人是脆弱的，因为纯粹。
诗人是无根的，因为这世界硬邦邦的。
诗人是没有烦恼的，否则怎一愁字了得。
我的鹿鼎山，我们的时代，太短暂啦。

2015年11月1日于永安约

答群辉

群辉看了我的《神砍》后，
提出一个很有意思的问题：
“你这是批评性创作吧？”
我的回答很简单。首先吧，
这组作品是写实性，也可
视为创作性的有机部分。
而不可逆性并非我所认可。
因为可逆是不确定性之一。
或者说，本能代言不确定。
问题的要害在于，群辉已
提出了一个反题。我想是
的，我的诗歌创作性批评
既已正式命名，反过来看，
批评性也算题中应有之义。
即便我从不以批评家自居。
但我的意态立面，虽指向
创作性，批评性也在覆盖
之内。只是创作性选择诗
和随笔两种方式接纳了我。

2015年11月10日于永安约

致赵汀阳

未必陌生
何以似曾相识
该不是水土意识
当我读到你的杰作
《第一哲学的支点》
我以为是一本常销书
可我不做书商已多年
这本书集中了你
那全称的问题意识
更标志着你应有的高度
至此你把心事哲学正式地
改为心意哲学，拙以为大可不必
其实你的无立场分析，作为
方法论上升为自创性哲学
比如无立场哲学，或者
更平实，也更迷人
理由很简单呀，这世界
之所以荒诞，正源于

先入为主，还自以为
了不得，而别人都错了
赵汀阳，加上你的生存创世论
你的哲学并不是心意所能囊括
从未来美学到未来哲学
无立场才是伟大的舵手
而且无立场本身
也是意态光裸的象征

2015年11月16日于永安约

一个人的三个时代

我的野性蠢动
归于啤酒花时代
喝吧，我的口头禅
一口把一条珠江喝掉
心是心，口是口
灵魂不需要舌头来摆渡
我的本能突围
归于鹿鼎山时代
朋友来了，有粥喝
那是我的口头禅
那时书店右前方不远的
桥头上，有家潮汕大排档
诗人或别的朋友来了
一般都到桥头吃饭
是粥，把爱的味道散发
是粥，温暖了简单的美好

我的诗意回归
铸造了永安约时代
在此，我的口头禅
一切好商量，就是莫谈钱
我的意态仿佛抽了真空
哪天厌倦了与亡灵交谈
有关诗观，混沌一片
依然是富氧与富矿

2015年11月9日于永安约

欲望之歌

是什么力量
使欲望慢下来
足以沉默，和打量
闪电跑过也没有欲望快

2015年11月11日于永安约

已不顾一切奔去

他的语气透出一种
提前来临的暮年气息
睡着的大海，平静了吗
不，他用一个动词“拍”
结果他的马驰入海的卧榻了吗
感谢岸的提醒，海不能平静
正如他的马，已不顾一切奔去

2015年11月13日于永安约

附记：
诗写多了真没出息。
除了写诗，你
又能做什么？
瓦雷里沉默了十年，
才写了《海滨墓园》。
处于荒诞的年代，
不写诗才怪呢。

中国的神

神，衣字旁加申
人之申依稀是
向神求助
神之申
宛若俯视
神待在高处
俯字去人为府
引申为政府
和服务
中国的神
小到土地本尊
至少是一方代理
相当于股级吧
这很世俗。若有神秘
也是人的心理折射而已
西方的神
诸神传说离不开
英雄与之遥相呼应

神学意义上特指上帝
所谓圣父、圣子、圣灵
三位一体，螺旋般上升
道和肉身一样的纯洁
是十字架使神的象征永恒
撒旦相当于大闹天宫的金猴
但基督世界的魔鬼没有被招安
不像替天行道的齐天大圣
被封了个弼马温的职务
所谓天庭，把人间搬到天上而已
不像西方，弄成一个神学体系
信仰与诠释主导了真理与心灵

2015年11月15日于永安约

一个人的三种本能

伟大而弱小的人
血液中一定涌动着
循环着三种本能
是语言的本能
使他语感
如纯金
是欲望之血
本能的红
灌注了不朽
和古罗马般的毁灭
那高层的
是精神的本能
仿佛抽象的灯塔
甚至给波浪以建筑
一个人可以很破碎很不
完整，三种本能已
把意态组合而成

2015年11月16日于永安约

创造的范畴

他最后也会说
我已收获
寂静即
沉默
而他最初
并不说
那些意态化
和物态化的节奏
只是永恒之手
创造的范畴

2015年10月29日 于永安约

跳跃已返回它的原点

一万年太久
只争朝夕
从意态时间上看
这朝夕指跳跃

一万年后的歌德
在纸上出现可能吗
从混沌意识上看
生命只是一节朽木
本能缝接不了的永恒

一万年后的意态
跳跃已返回它的原点

2015年11月22日于永安约

人诗合一诠释

意态化界定了人和诗。
本能之上，混沌之前。
人诗合一趋于或然。
光裸之上，感恩之前。
人诗合一趋于自然。
感恩之上，图腾之前。
人诗合一趋于本然。
图腾使人诗趋于极端。
或然—自然—本然并非
逻辑三段论，整体上呈
交感性状，交互性极强。
一个诗人一生中有一然，
已非常荣幸，倘若有二然
甚至三然，那他或她就把
可能性占全。这样的诗人，
在我看来，古有陶渊明，
今有东荡子。那些理想性
倾向的诗人，都有一然或

二然。要么是或然加自然，
比如陶渊明；要么或然加自
然加本然，比如东荡子。假
如没有阿斯加诗篇，东荡子
也只有一个或然，顶多加一
个自然。三然之中，是本然
使人诗合一具有了最高意义。
人诗意态化路径，如如而已。

2015年11月27日于永安约

第三种力量

我歌颂过欲望。
它的力量，
比闪电还要闪电。

我也歌颂过死亡。
它的力量，
比求生意志更强。

当我发现
第三种力量
歌颂已显得零和
只有混沌
仿真了
又还原了
或然、自然和本然
把意态打成一片

2015年11月28日于永安约

光裸之实

法雨。法乳。法印。
佛法几乎取决于比喻
从雨到乳，从乳到印
每个喻项都推进一步
至于法脉之喻，已关涉了
抽象血缘，尽管抽象
释氏通姓毕竟被佛家指定
无始即佛对原初的界定
道家一般追溯到混沌
基督一般追溯到生命起源
混沌之光也是创世的标志
无论哪一家，意态光裸之际
你中有我、我中有你
几无绝对分野，而这仍是
一种比喻。无始以来
混沌之际，已临照了
光裸之实，使生命趋于
极致，只有真理般的比喻

2015年11月28日于永安约

终被一团混沌透视

创作性线索
就这样凑合着
情感、想象和认知
都该道一声别了
颠覆或渗透
正如可能性本身
是词审判人的本能
是精子审判肉体关系
荒诞的审判
像拍卖一样荒诞
把竞争的高潮瞄准
空气已凝固，意外沉默
片刻，终被一团混沌透视

2015年12月20日 于永安约

答小雨

抵达
如谅解
不能谅解的
享受死亡辩护
有高贵血统的诗
减缓了意态的痛苦

2015年12月4日 于永安约

意态问答（三）

思辨和抽象能力
应是汉语乃至
汉诗的短板
屈原写过《天问》
本很抽象，也很绝对
但大音稀声，应声虫般
只是柳宗元的《天对》
事实并不如此简单
汉语的质地，和造句
只适合模糊与意会
比如风马牛之喻
仿佛类比，而意态之吻
既非诗意，又被庸俗处理
我曾设想，屈原自己
最满意或意外的作品
很可能是《山鬼》，是它
启发了蒲松龄，写了那么
美的鬼，而我写到了鬼友
一切俱名意态化
仿佛我已无诗可写

2015年12月6日 于永安约

意态问答（四）

听说你已把《创作性批评》
一整套书编成。这个全集第一部
是《一个人的诗学》，第二部是
《创作性批评》，第三部是《图腾集》，
第四部是《应感集》。写作时间从
2014到2015年，耗时两年就写了四部。
走完一个诗歌的周期，两年了不得呀。
听说你随时在手机上，边写边发布呀。
是的，2015年开始，写作已如此便捷。
你不用沉思或冥想吗？或者说，构思。
写作时不需要一个安静的环境吗？
也许我已安静得太久了。温远辉说
我“厚积而薄发”，这不一定适合我。
至少我有一个大的方向吧。近年据说
中共“以梦治国”。出于本能，也出于
挑战吧，我把学科式的批评，包括
套利性的批评，转换为创作性的批评，
或批评性的创作。这构成我的“意态梦”。

至于总体情况，可能混沌一片。混沌到透明，意态打成一片，仿若禅机稍纵即逝。至于“建立诗歌秩序”，那么雄性，和理想，我倒不曾发心。反正两年下来，梦圆而已。

2015年12月24日于永安约

意态问答（五）

问：

你的意态体系，虽由
本能、混沌、光裸、感恩、
图腾五种原生态组合而成，
却也不乏本体论方法论意义。

答：

你的这种概括，颇有新意。
感谢你的敏锐，和赞许。
2014年年中，当我创作
我的东荡子时，在诠释
诗人东荡子的创作方法时，
我曾用本能与抽象来组合。
很高的度，从未有过的评价。
2015，我又出于本能，把五个
关键词找齐，这就是你提到的
本能—混沌—光裸—感恩—图腾。
这些个排列与组合，标志着我的

诗性认知的初步完成。加之意态化，
创作性批评诗学，初具自组织能力。
反过来，创作性仿佛一种唤起服务，
一种预留了读者径自参与的互动方式。
因此加大了认知难度。但凭有心人吧。

2016年1月2日于永安约

写作的处境

穿透写作的长河
深刻反省自身
是什么处境
使写作者
迷失了
本性
博学的
如约翰逊博士
只读一本百科全书
他的通识宛若
默会的财富
读和写的处境
催化或催眠
写作者的本性
诗意像情人
无法忍受替身
因为写作的处境
拿捏了器官的通路

和意态的越狱
创造及其错觉
比不上勇气结实
有如乾坤挪移
勇气使诗意逼近
写作的本真
处境便已梳理了
一段又一段的平静
诸禅之源从不平则鸣
到承受平静，光裸而已

2015年12月19日于永安约

寻找写诗的动机

若问写诗的动机
很多诗人未必说得清
这不像审问疑犯
破译他的心理和动机
仿佛是一个突破口
在我看来，人诗合一
写诗只是出于玩的天性
也说不上什么特别的目的
一定要寻找写诗的动机
不如瞄准诗人的环保性
倘若够环保，词也觉悟了

2016年2月6日于永安约

附记：

在我的创作观念里，诗与随笔已打破了形式上的边际。只要本质的诗意，能互渗互融，读者可理解为随笔，也可理解为诗歌。这已不重要。至于集中写的主意，在《图腾集》一书中，我已做过尝试。

人性的冰河

悲剧手法一般比较极端。
像秋雨的冰河，属于喜剧。
也写出人性的极端与撕裂。
我把它概括为“冰河嘴脸”。
余先生是研究戏剧的大师，
更是一个时期大散文的发明者。
他曾用极端之美作书名，赞美了
普洱茶和书法这两个中国宝贝。
但我还是记住他的剧本，叫冰河
为什么呢？因为极端，因为极端。
几乎人性中可能的元素，无论美善
或丑恶，高贵或劣根，勇气或起哄，
都指向喜剧的光芒及其巨大反讽。
它曾打湿了读剧的眼与意态的我。
秋雨的冰河，肯定推动了反讽创作。
那双为同船考生前程而破冰的手，
突破了极端中的挑战与严肃，
已把人性的冰河，喜剧性凿通。

2016年2月10日于永安约

河马碎语

全民写作是最开放的，
也是最可耻和最可怕的。
它最大的亮点，指向自由。
或者说，方向是自产自销。
就是刷刷刷，非把环保刷破。
而它最大的兴奋点，是淹没。
全民写作已改变了阅读习惯和
阅读环境。好的作品，已属小众。
甚至小小众。谁也懒得花心思去
读难读难懂的东西。恶性循环之下，
人文质素等而下之久矣。这样的话，
真正创意性、突破性、探索性的东西，
已如明日黄花。昨日之日不可留，但
未来性若丧失，不仅是不环保的问题，
中文异质化与本能弱化，可能真的使
现代汉语人回不了家。家呵，它在哪？

2016年1月31日于永安约

诠释的境界

诠释一个人
成就另一个人
诠释之妙
只在乎诗意的本质
关乎情感、想象和认知
比如，我和东荡子
他的朴素我的朴素
造就了禅者的态度
又印心般印可了
各自的情感、想象和认知
这就是命运共同体的基础
他作为大诗人，我望尘莫及
我作为诠释者，他的混沌
即透明，我以本能和感恩
使他的图腾，进入意态组合
诠释的境界，仿佛战胜了美学

2016年1月24日于永安约

活着，命运就是一种创作

我的诗写完了
我的世界敞开了
我还能干点什么
打打杂，像寺院扫地僧般揽活？
倒是雪尘师父，他对诗的基督说
“子乐兄有境界，近大师唉（龇牙）”
这是他的原话，我的回答“没有”啊
禅告诉我，是人总要把一些遗憾留下
至此我想起，李白乘舟将欲行
东波小舟江海逝，原来都有不满意
这就是性情。诗意的自作多情
我很平凡，也很平静
如同血压高，没办法
说起这事，聊以塞责
活着，命运就是一种创作

2016年1月22日 于永安约

让表演被良心破译

当文字只像螺丝钉般拧紧
秩序那风暴眼已把松弛布局
读的勇气并不必然包含革命的信心
写也不可突击，除非打一个必喻
空出一个档期，让表演被良心破译

2016年1月16日于永安约

禅那宛若诗的基督

中国古代四大发明
流传至今，评价
已有一个字
引发一个句子
太民间性
基督教也有
四大发明：
心灵管理，宣传，
群众，绝对敌人
现代西方之所以发达
基督帮了很大的忙
而中国，对四大发明
日用而不知，还用于赚
死人的钱？比如罗盘，
不是用于航海，而是用来
寻找美穴，实用使日常性发达
而逻辑推理，或者大而化之
或者难得糊涂，反正好处看不到

坏处可劲地啃吧，这就是聪明

但我愿借赵汀阳冷酷的批判

加以诗意的想象，比如意态体系

它不是我的发明，因为诗性世界

本已意态俱足，而诗与哲学

喜看万法归宗，禅那宛若诗的基督

2016年1月22日于永安约

意态对答

你问我答。你说，
河马新语新在哪？
我觉得挺为难的呵。
聪明如你，若读不到
河马一点点新的话语
气息，还要由我自己来
王婆卖瓜，那不就笑话？
既然问题已提出，勉强
作答吧。对整个创作性
或意态性体系构建之余，
剩下的，就是木匠的活，
或加固，或深化榫卯。使
之仿佛更牢靠，更耐得住
寂寞风雨飘摇，和世故的
延误，以及某种容忍不了
的磨损。说起这些，我已
不忍心而释然了，只是说出
心里的话，和真实的话而已。

当下说出这样的话，已属难能难得。而我并不与之相苟且吧。听说无聊至极的破坏分子之类，已倾向于与动物类做爱什么的。伦理的河流，或许已改道，或许做出更多更勇敢的尝试吧。反正我也不着急，慢慢看，还是世宾兄弟说得好啊，慢慢来。至于老河马话语中一点点稀薄的新意，也不算什么大事。能躺着说话，腰不疼嘛。但新语终究还是自我批评为主，适当做一些清理与延伸。以便干净卫生，或更透明吧。作者一般不要诠释自己，伟大如东荡子者，他晚年跳出来诠释自己的诗歌时，我黯然神伤。为什么呢？还是留给有心人比较合适吧。于是他生前自以为得意的两次访谈，基本上我是不愿看的，即使诗人一时半会还没有被很好理解，也要安静地看看吗。
创作已把命运铸成。我没有多
少自己的创见，和发明。我所
做的都是人尽共知的，只是出
于对诗的虔诚，和禅的愉悦，
做点分内事而已。张绍民有句
话我很赞同，每个人都是只为
自己写作。只是有人最终要上
天堂，有人愿下地狱而已。但我
选择中间。不上天堂，不下地狱。
只在人间。对于未来性而言，每个
个体都是明天的太阳，也是天狗
食日之类的威胁。最后吃下自己
的，不是动物的胃，却是人本身。
悖论或荒诞就这样。人的命运，
注定了现代意义的追寻，
是环保性和可能性合流。

2016年1月31日于永安约

重温民间性

中国的沉重太政治。
治乱之余，不妨
把民谣或俗语
认真地重温
就当检视
民间性。
比如一句
不怕不识货
只怕货比货
意态的我
怎么想不到
一个货字
通俗至此
却包藏了蕙质兰心
不识，无识
原来都不可怕
只用土办法：对比
一切障眼法

毕竟像幽灵难以
把真实性击穿
聪明或故作神秘
倘若货不对品
即便洞房中
退货已成定局

2016年1月21日于永安约

把一个很禅的世界打量

他和我一样
没有什么高深的理念
和傲人的金钱
但我们俩读懂对方
都是天各一方
唯有光裸般的心
把一个很禅的世界打量
今晚很冷，明天可能是零度
在广州最冷的日子
我想天堂的朋友
也在这个冬天把雪意训练

2016年1月24日于永安约

论真理破译精神

谨以此文，

为路上的人加油。

——题记

倘若不真正理解东荡子，
是百年白话诗的大损失，
进而又不理解张绍民，
那就不止仅限于汉诗的
损失范围，更关乎文艺
复兴与否的意态抉择。
从东荡子身上，我看到
诗歌精神能走多远，而
从张绍民身上，我看到
真理破译精神能走多远。
若从诠释学上看，我年轻
时那种本能破译的欲望，
（可参考我的《圆·虚圆》，
后改题为《两圆随笔》）

加入他的真理密码元素，
那将构成我自己破译加
创作性诠释的模式风格。
在我看来，他们两个都是
一时之选，可惜处于当下
这种太江湖的状况，包括
我自己，极端厌恶或远离。
何必呢，不就写几首诗，能
把天翻了？能把作者自己净
化，向环保性写作靠近，都已
算功德。人活得觉悟，多高贵。

2016年2月11日于永安约

论写作的节奏

一片天机
愿与他者共享
——题记

按自己的节奏写下去
我怕，意态观念已
无障碍穿越，世界
仿佛皇帝穿上他的新衣
被词语洞悉，而不是眼睛
我怕，光裸已把原点巡视
还有什么隐秘？灵已跃过
把混沌靠近？感恩诗歌
让我对自己说，我怕
倘若写下去，节奏不成问题
但我相信，心脑之间
也有一番斗争？我怕
文学归于秩序，而非现实
我怕，我佛慈悲

我会把一个世界写活
否则我的创作性，我的环保性
将一文不名，最后我像一个
星客，把伟大的诗性带领
异质性，昭示光裸的一个瞬息

2016年2月8日于永安约

荷马无敌在哪

荷马的无敌
并非他的史诗内容
可能是他的结构能力
和超视距说唱方式
但我还是认为
荷马的无敌
在于他的比喻
比如，当时还没有
蓝色这个词儿
他却用酒暗色代替
在我看来，酒暗色
这个词语，更有生命力
和战斗力，想象大战在即
海在敌方城下呼啸或平息
而自己的英雄和士兵
仍在苦苦等待战机
这就是那木马计划
此刻，大海之上

波浪仿佛喝醉了酒的神
而古希腊那种桶装酒
日晒雨淋运来军营
也该暗淡了些许
此情此景，用酒暗色一词
比用蓝色更迷人，和透明
他的这种比喻，任你检视
简直比琉璃街捡漏还揪心
后代聪明如乔伊斯，或艾略特
则从结构形式切入，偷他的观念
和时空形式图，从而成就各自的顶峰

2016年2月11日于永安约

逝者如斯

川资指一路之上的盘缠
一个人出门，总要开销
也就是花钱，吃，住
乘车乘船乘飞机，甚至
乘坐宇宙飞船，都要
有钱，川资如水
散尽还复来。诗人
大概这么想。关键在于
盘，这个动词妙在哪?
盘字后面有算，不管是预算
或者打算，意思都一样
费尽心机，这一路还不累吗
而雨资这个词，可能是我的发明
雨从天而降，水却伏在低处
像海，就是水的家，水的意态
倘若让雨作资本，很难调控
所有不确定性元素，唯有洪水
是最可怕的，它超出人的能力

注入神意，愤怒仿佛能见度
想象雨资，这水的资本
谁敢引进？它的市场又有多大？
在我看来，雨资逆天意
川资顺人意，还是待在川的源头
像孔子自问自答吧，逝者如斯

2016年2月9日于永安约

已把纯洁性遗忘掉

作贝之庄
有车，有房
可能还有情人
和一些其他勾当
勾当一词，仿佛古时
所谓的勾栏，即戏园子
那园子设计了很多廊坊
你随便依偎，或把思勾住
可思乡，可思人，可回味细节
栏之妙处，只为勾呵，勾魂
属于暧昧之作，让人难以自抑
诠释本该直奔主题，这里我有意
拖一拖，并非吊胃口，只是那个字
我真不想说出口。贝字，古代
硬流通，当钱可易货，人啊
不做自己的主，只想做钱的主
人已被物替换，也就是自甘堕落
在我看来，贪者是腐，脏者是败
腐败组合，已把纯洁性遗忘掉

2016年2月10日于永安约

诗人，至少会有一次坚持

父亲是我。女儿是她。
啊蓝笛，老河马第一次
摔了汤勺，够粗鲁吧
做这动作前，没经过
大脑的批准，竟给那碗
羊杂汤，仿佛来个跳高的
即兴表演，并把你衣服弄脏
你不懂我怎么这么生气
只因你那句话，让我很不舒服
你说只要给你出资，你也像我
一样能写诗，一样能自费出
你的话外音，就是让老河马
就此打住，不要再干傻事
留点钱傍身，这我都懂
但你的出发点你的结论
让我痛心，为什么呢
当下不少像你这样天真
以为写作，人人有份

不妨像大跃进般
让词语去炼钢
把祖国纯洁的语言
随便撒点煤渣也可弄脏
但老河马还是要求你原谅
诗人的一生，至少会有一次坚持
让自己身边的亲人伤心或意外的

2016年2月5日于永安约

佛不需要抉择

本来标题是论水的深刻，
意态中还是佛不需要抉择。
这样一来不拘创作性主张，
二来观念性边际，游刃有余。
但我不是带刀文学，并非侍从。
倘若带刀，只是一把割水的刀。
或一把柔软如水的尺。可以想象，
水能割断自己的流动性吗？
诗人呵，水灵是词性铸成的。
亲水吧。干净。透明。柔软。
在我看来，一个纯洁的作者，
像佛不需要抉择，倘若
所作无痕，让水回到水，
让水离开水。把一片清凉抵达。
而浮出水面的水，该如何深刻。

2016年2月7日 于永安约

论环保诗人

三戒之中
戒为先
为师，
定紧随
把戒加深，
慧贯通
最后最通透。
对诗人而言
戒使他获得纯洁性
定使他获得存在的契机
慧使他把戒定二者打通
从而获得诗性可能性
这仿佛就是环保式圆融
倘若环保加觉悟
已把自己诗歌的观念驾驭
这就突出定向的问题
也就是方向感和成长性
每个诗人会有不同的命运

但戒定慧摆在那里

注定要闯关

闯过三关

环保诗人才出现

2016年2月6日于永安约

论三心一意

这里的三心，
指的是平常心，
平等心，分别心。
平常心也可称佛心。
分别心，却是异质的。
当人心世道出状况或
问题，它会起平息甚至
警而戒之的免疫和解密。
一意指意态和意态性而已。
意在言外。意在观念间。
而态字，太加心，则使那
太心灵的转换为心脑对称。
于是意态透明，蕴涵可能性。
三心二意，是一个成语，也是
负面审美形象。而三心一意，
转换性创造了意态组合方式。
终使之融贯了环保性写作主张。
在我看来，禅佛的资源太丰富了。
倘若再与真理破译对接，行而远矣。

2016年2月5日 于永安约

三重境界论

太虚大师提出人生佛教。
他的弟子印顺导师加以
完善，在更透明和体贴
佛教教义的基础之上，
进而提出人间佛教。
一字之差，其义大矣。
因为人间性，可覆盖
人生，反之人生覆盖
不了人间呵。佛在哪？
只能在人间。离开它，
佛宛若“独佛”。而不
是一味禅茶，一室千
灯了。这就是分别心。
分别心，将会使有情众
生告别平等心，而丢了
这平等心，心障可大哟。
这也是佛绝对不允许的。
一个人间，让人心存敬畏。

敬畏之心，使我有所发明。

这便是人生三境之破译或诠释。我所提出的环保性，组合了三个关键词：清净，环保，觉悟。第一个词构成第一重境界，即清净境界。第二个词构成第二重境界，即环保境界。第三个词构成第三重境界，即觉悟境界。清净就是清凉干净。环保就是法我不呆。觉悟就是不确定性已被可能性打开，法我圆融无碍。三重境界，可组合而成，也可独立存在。靠的是意态观念性转换。人间，就这样被词性和观念性触摸个遍。不同的境界，不同的人，也只是组合方式与可能到达而已。

2016年2月5日于永安约

臭河马

每个人只能
创作属于自己的命运
——题记

年轻时出版处女作
男人的月亮
我送一本给父亲
他好像还是读了一些
后来在书的扉页上
我看见他题写一句话
曾经沧海难为水
我想父亲毕竟是读懂了的
这句话对我也很温暖
我不禁在心里骂自己
臭河马，你打动了爸爸
我很庆幸，父亲没有反对我
写诗，母亲也一样
只有我的个别兄弟

他始终致力于反对我
因为你懂的，我没有给
自己或家庭什么荣誉
闪光的财富，像黄金之类
它属于抽象的雨滴
进入不了我的心我的脑
我并非没有商业头脑
要不当年下海时
我的行销挺风和日丽的
但我还是倾向清算自己
一个人不纯洁
他说什么不得以呢
就像我曾经沧海
不纯洁的我
说什么都要光裸
把本来面目还原
我还是我
可能性净化
仿佛使我涅槃
啊臭河马，没办法

2016年2月4日于永安约

环保即佛，佛即环保

佛字，人旁加弗。
能否定自己
或对自己说不
一个人的勇气
和境界已不小啦
比如，对强大的欲望说不
因为内心的黑暗或喧嚣
几乎全部都是欲望的产物
对破坏环保的事物说不
因为环保二字
本就是法我不呆的意思
对智慧的障碍说不
因为肉身成道需要清道夫
在我看来，只有三个词
清净。环保。觉悟。
还原了佛陀自觉之路
我就这样破译加诠释

至于拈花微笑
这个著名的句子
非指佛印心瞬息间完成
而是对清净、环保和觉悟的
默示和默认。这是创作性诠释
但万物复苏，皆因真理在侧
而万法归宗，也离不开常识
清净、环保、觉悟的意态组合
切合、吻合、适合的组合方式
于是佛在人间，而非远离人间
我提出的环保性概念就很关键
虽然逻辑上可能存在一些不周全
那也无妨，不影响意态观念性融贯
所以我的结论：环保即佛，佛即环保。

2016年2月4日于永安约

东荡子论

1

东荡子论仿佛是他给我的遗嘱。
但我只能按自己的方式写他吧。

2

他不是工业时代的诗意旗手。
他却是农牧性质的最高荣耀。

3

他的黑暗论代表了他的成熟诗观。
他的阿斯加诗篇已汇入白话圣坛。

4

他的诗歌精神趋于理想现实主义。
他的最大诗性挑战就是能力卓然。

5

他是我们的老师、兄弟和诗歌贵人。
他始终拥有不为人知的禅者品质。

6

他驾驭白话的能力无人可及。
他的语境天生就是深度缠绕。

7

是他创造了汉语诗歌的形象阿斯加。
是他推动了汉语诗歌精神的理想化。

8

是他提出人诗合一的诗学主张。
写诗歌与挤牛奶是其词性宣言。

9

广东作为诗歌大省有他一份默默奉献。
不少诗人都得到他直接的帮助和教育。

10

是我在他生前把他图腾，并得到他的
称许和认同。图腾集已为周年祭焚烧。

11

是我发现他使百年白话诗成熟。
标志性和代表性作品是阿斯加。

12

是我发明诗性血缘一词，加以想象，
使他的图腾在农牧与工业之间循环。

13

不少人套用现代西方的某些时髦理论，
如此来评价东荡子，势必本质性误解。

14

作为东荡子生前和死后的朋友，
我把他的小名安纳入了永安约。

15

图腾集践行创作性批评，
简单的随笔札记就可以。

16

这就是打基础。记住他
那人诗合一朴素的光芒。

2016年1月24日 于永安约

论创作性

1

没有大的情怀和境界。
看不出宇宙的复杂和组合。
也写不出令人意外的大作品。
创作或批评概不例外。都一样。
好与坏的标准，不单是形式技巧。
能把苦难当责任，或把它当作空灵，
离禅照不远矣。禅的眼就在你的内心。
表面的聪明或伶俐，都只是浅薄的形式。
而朴素，它挥之不去。像氧气般认识自己。

2016年2月1日于永安约

2

没有大的想象力和结构力。
像神曲那样的形式感、秩序感
和仪式感，很难把大的结构体系
科学打造。宗教之所以足以包容

精神性和未来性，就在于它的诠释系统。圣经文学系统就是很好的见证，从创作到诠释。好的创造，结构形式都是观念的产物。大观念。大组合。只是混沌而已。

2016年2月1日于永安约

3

没有大的不确定和可能性。像天下环保主张，就以当下性和未来性，作为它的全息境域。并把环保和破坏作为它可能的对称性或荒诞性。这仿佛就是隐秩序。只有不确定包容了可能性。只有创作性能召集命运。把不确定中的可能唤醒。而未来性已循环在你的血液中。

2016年2月1日于永安约

4

最后落实在语言上。
本能即语言。
语言即创造。
创造即命运。
这就是意态的真谛——
没有创作性，命运等于没有开启。

2016年2月1日于永安约

5

案例一。东荡子这个强盗，
偷盗了诗歌观念的火种。
它就是波德莱尔创造一个
属于自己的巴黎的观念。
他终于创造了一个属于汉
诗更属于世界文学的人物。
这就是阿斯加。而这个诗歌
人物存在的方式或可能，也

只是一种丰富的组合而已。
在此意义上，东荡子的创造，
属于世界性的创造，你不服
都不行。当下诗坛表面繁荣，
却缺乏严格意义上的创新意
识。很不环保。很不干净。很
不透明。如此，既无大的指望，
就无大的挑战或跳跃。跳跃一
词，与禅相吻合。这仿佛就是
顿悟。大的觉悟，才出大作品。

2016年2月1日于永安约

6

案例二。暗字诠释。
给一个字释义，不仅
能把它的原初性还原，
更能赋予当下性的光裸。
这属创作性批评之细活。
暗。想象是落日的声音。

暗

暗。是人听到落日的声音。
注意，人未出现可能在听。
暗。看不到日已沉的处境。
至此人才真正出现。在看。
夜和黑暗降临，暗字已完成
自身的造型。让人或时间的
当下拥有各自的原初性。妙哉，
天人合一的生活方式，和汉语
特有的音、形、义的组合。这是
我的创作性诠释。至于暗示，暗
弱，暗杀，暗涌，等等造词，更是
丰富的想象力和意象化。从反义词
上看，暗与明形成光照性对比。有光
是明，无光是暗。一个暗字，简直天机
一片呵。可怜汉语人自己，还要把它按
拉丁标准拼音化。甚至把它的本能与可
能更弱化。暗弱至此，是抽象性造成的？

2016年2月1日于永安约

河马新语

不满是完整的陷阱
也是它的全部可能性
——题记

（一）

1
人在哪里？
诗在哪里？
2
人诗合一，
谁愿尝试？
感谢东荡子，
作为诗的先驱。
3
看不见人
仿佛是
当下诗歌

最大的软肋。

4

忽视或
对人无视，
并且很不环保的抒情，
自绝于环保诗人的尊称。

5

天下环保理念的提出，
或者环保性写作概念，
处于随笔式紧急的宣誓。

2016年1月28日于永安约

（二）

腐败诗学的提出，
本来作为混沌诗学的
反面教材或一个分支。
纵观当下或诗场乱象，
我感到天命所归的沉重。
谁又在乎环保性写作呢？

自我回答：没关系。没办法。
谁让我们处于这样的困境?
不管是写作，还是写作以外。
正因为这样，我的混沌即荒诞。
而光裸，是非造不可的词语呵。

2016年1月28日于永安约

（三）

什么是创作性批评?
创作在前，批评在后。
非传统的科层式批评。
或套用各种时髦理论。
既然创作在前，就要
寻找适当的创作体量。
我选择了诗和随笔方式。
这才够透明，像禅一样。
比如，我看到一首诗，若
不满意，我会写另一首诗，
从容表达我的批评或诠释。

而2014年年中，当我创作

《图腾集》一书时，已悄悄开启。

令我愉悦的，有人已在尝试。

走这条路子，是破译加诠释。

破译是张绍民很难的写作主张。

但我愿把它整合到意态体系中。

当下最缺乏的转换，诠释即创造。

2016年1月28日于永安约

（四）

1

批评的光芒是真理的照亮。

当下不少忽悠是照而不亮。

2

关于创作性批评，这里我愿

举一个自己的例子。比如，

年轻时写一首城市人，虽

有一些佳句，还得到诗人

温远辉的激赏，但整首诗

没写透，也还达不到环保
的观念和高度，事隔多年，
终于在昨晚，写了另一首
叫《别拥抱死亡的粗暴》。
新写的这首诗不见得伟大，
但吻合当下的我，和不满。
最后一句便是原作的句子。
提起这事，自我批评而已。

3

有心等吧，我那四卷本的全集。
等到出版了，一睹庐山真面目。

2016年1月28日于永安约

（五）

批评无处不在。
它像真理一样
需要破译
和诠释
这破译的功夫

或诠释的本事
指向两个字
能力。
是的，能力。
能力是观念、意识、
认知、想象和表述的
综合。它更是发现
和发明的耦合。
没有好的能力
也就没有好的批评。
愚蠢，是出于利益驱动。
比如，每年不少博士论文
很多都是重复的垃圾。
没有自己的创意，别提
创造奇迹。神有时都没办法
又比如，不少翻译
看了让人难受啊。本来已有
好的翻译版本，但出于利益
考虑，硬是绕过好的翻译
自己非搞一把不可

更有借职务之便的
把自己的东西夹私而发
可悲呵，不把能力和品质
当回事，批评的毛焉附？

2016年1月28日于永安约

（六）

1
混沌到极致
即荒诞。
秩序到极端
即驯服。
2
所有不确定性中
遮蔽是它的本能
而光裸是它的克星
3
混沌的形式
在我看来

诗

是指本能之上
意态之光裸
之感恩、之图腾
没有意态的组合
荒诞难以取得它的形式
所以我的混沌诗学
也可称之为荒诞诗学
这是加缪没有想到的
这世界，倘若离开混沌或荒诞
它会怎样？必将枯禅般死寂

2016年1月28日于永安约

沉重或透明

很木的打坐
陷于真的顽空
打坐的人将被空玩
道若接地气
仿佛水从天到地
循环了沉重或透明的决心

2015年8月4日于永安约

答标弟

标弟，你这名字我一直
不是很喜欢。但父亲既
把俺们四兄弟命名，局
已定。想改都不行。为
什么呢？因为标准，是
工业化的词性。我有本
能的抗体呵。当然啦，
“生于混沌，往于标准”
也是无奈之举。这就是
现代命运的赋予。没办
法。也没关系。话说回来，
你看了哥的近作，突发奇
想，以为有点像“得道高人”
了。这应该是你朴素的直觉。
更是你对大哥写作支持或不
反对的间接表达。我很高兴。
也很感谢。想到东荡子生前，
家里多少人反对他写诗，事

后又想拿他当别的用途。我
很幸运。能出生在这样宽容
和自由的家庭。具体到得道。
这道字，首加坐船。首指首要，
首务。坐船象征了古代人的交
通意识。走水路，图舒服。想象
一下，骑在马上，久了两胯都受
不住。骑在水上，怎么样都潇洒。
这说明了道是要坐船去求去悟的。
而高人一词，往往指虚高之人事。
所以还是慎用。况且你我兄弟连心，
即便大哥悟出点什么，也是平常的
事情。没有沧桑经历，很难悟出点
什么。所以感念之余，作自我批评。
大哥一直在外漂，没能待在老家奉
养敬陪年迈的双亲，有时还要二老
担心。真的亏欠太多，对不起自己。
拉了这么些家常，我弟是否明白，
道得之不易，况且高也高不过自己。

2016年2月6日于永安约

致加缪

荒诞一词的发明人
呵加缪，伟大的发明
往往并没有太激动人心
可能伪悲凉太小儿科
也可能真反抗太少
加缪呵，你有一句话
一句话足见你的伟大
“拉舍尔却是件精美的礼物
她是一个使人获得财富却又
不用承担义务的礼物”
拉舍尔是谁？就是《蒂博一家》中
一位灵一样的女性，是她打破了
贝壳里安托万的躲闪，并以沧桑
或物欲的纯粹呈现，使她与安托万
在一个暴风雨的夜晚，像陌生的
情人依偎在偶然或疲倦的怀抱中
最后走向短暂的结合，和纯洁的分别
而加缪抓住作者这个魅影般的片断

深入分析，并做出深刻动人的评价
这就是加缪，他是批评的天才呵
而创作性诠释使我把拉舍尔
这个人物视同天国的女儿
并按我自己的方式把那句话说出
死亡是件精美的礼物，它使人获得
透明沧桑，却不用羞愧或遗憾呵

2016年3月8日于永安约